IMPORTANTE COLLECTION

DE

FAIENCES HISPANO-ARABES

ET DE

MAJOLIQUES ITALIENNES

CATALOGUE

DE BELLES

MAJOLIQUES ITALIENNES

PLATS, VASES, COUPES

DES FABRIQUES DE GUBBIO, PESARO, URBINO, CAFFAGIOLE, DERUTA,
FAENZA, CASTEL DURANTE, CASTELLI, ETC.

SUITE INTÉRESSANTE

DE SOIXANTE PLATS EN FAIENCE HISPANO-ARABE

DES XVe ET XVIe SIÈCLES

CES DERNIERS

Composant la Collection de M. le comte de Maffeï

DONT LA VENTE AURA LIEU

HOTEL DROUOT, SALLE N° 5

Les Vendredi 21 et Samedi 22 avril 1882

A DEUX HEURES

COMMISSAIRE-PRISEUR
Me PAUL CHEVALLIER, Succr de Me CHARLES PILLET
10, RUE DE LA GRANGE-BATELIÈRE, 10

EXPERT
M. CHARLES MANNHEIM, 7, rue Saint-Georges

EXPOSITIONS

PARTICULIÈRE :	PUBLIQUE :
Le Mercredi 19 Avril 1882.	Le Jeudi 20 Mars 1882.

De une heure à cinq heures.

CONDITIONS DE LA VENTE

Elle sera faite au comptant.

Les adjudicataires payeront cinq pour cent en sus des enchères.

L'Exposition mettant le public à même de se rendre compte de l'état des objets, il ne sera admis aucune réclamation une fois l'adjudication prononcée.

Paris. — Typ. PILLET et DUMOULIN, 5, rue des Grands-Augustins.

DÉSIGNATION

DES

FAIENCES HISPANO-ARABES

A REFLETS MÉTALLIQUES

PLATS

1 — Grand et magnifique plat rond représentant un taureau et des fleurs gravés sur toute la surface du plat. Il est rehaussé d'un riche décor à reflets métalliques rouge nacré. Très rare.

Diam., 45 cent.

2 — Autre grand et beau plat rond, avec ombilic en spirale et feuilles saillantes au marli. Décor à reflets métalliques mordorés, rehaussé de bleu.

Diam., 50 cent.

3 — Plat rond à riche décor à reflets métalliques rouge nacré rehaussé de bleu. Au fond, un curieux dessin fleuronné en zig-zag et entrelacs au marli.

Diam., 43 cent.

4 — Grand plat rond à décor à reflets métalliques rouges, rehaussé de bleu. Au centre une rosace, au marli des lignes en ogive et au pourtour une zone d'inscriptions.

Diam., 48 cent.

5 — Plat rond décoré d'un animal fantastique, de feuillages et d'ornements à reflets métalliques rouges et rehauts de bleu.

Diam., 38 cent.

6 — Plat analogue à celui qui précède. Celui-ci est décoré d'un cerf debout.

Diam., 37 cent.

7 — Beau plat rond à ombilic offrant au marli des feuilles gaufrées en relief. Décor à reflets métalliques rouges avec rehauts de bleu.

Diam., 40 cent.

8 — Beau plat rond présentant deux motifs de décor, prenant chacun la moitié du plat. D'un côté, une demi-rosace à quadrillages, et, de l'autre, feuillages et ornements. Le tout à reflets métalliques rouges et rehauts de bleu.

Diam., 39 cent.

9 — Curieux plat rond à ombilic et gaufrages à rayons et draperies au marli. Décor à reflets métalliques rouges rehaussé de bleu. Au centre de l'ombilic un coq debout.

Diam., 41 cent.

10 — Plat rond à décor à reflets métalliques rouges et rehauts de bleu. Un taureau entouré de fleurs couvre toute la surface du plat.

Diam., 38 cent.

11 — Plat rond, décor à reflets métalliques mordorés rehaussé de bleu. Il présente un aigle couronné et aux ailes éployées ainsi que des fleurs arabesques.

Diam., 39 cent.

12 — Beau plat rond à ombilic et à feuilles gaufrées en relief au marli. Riche décor à reflets rehaussé de bleu et fond pointillé sur blanc laiteux.

Diam., 41 cent.

13 — Plat rond à rayons saillants et décor à reflets métalliques variant dans chaque compartiment. Au centre, un écu portant une tête de lièvre.

Diam., 37 cent.

14 — Plat rond à riche décor à reflets métalliques représentant deux coqs affrontés et des feuillages. Le marli a des parties travaillées en creux.

Diam., 38 cent.

15 — Plat rond à décor à reflets métalliques mordorés, représentant un taureau surmonté d'un autre animal, et des fleurs.

Diam., 38 cent.

16 — Plat rond à décor analogue à celui qui précède, composé d'un dragon héraldique, d'un aigle et de feuillages.

Diam., 41 cent.

17 — Plat rond à ombilic et à couronne saillante sur le marli. Décor à reflets métalliques composé de fleurs arabesques et d'ornements.

Diam., 40 cent.

18 — Plat rond à côtes saillantes en spirale au marli. Décor à reflets métalliques rouge nacré, à fleurs, feuillages et ornements.

Diam., 40 cent.

19 — Plat rond à pointes et olives gaufrées au marli. Décor à reflets métalliques à ornements, feuillages et ornements.

Diam., 41 cent.

20 — Plat rond à ombilic et marli ornés de feuillages et de côtes gaufrés en relief. Décor à reflets métalliques rouge nacré.

Diam., 42 cent.

21 — Plat rond à ombilic ; décor à reflets métalliques rouge nacré et rehauts de bleu à ornements et feuillages.

Diam., 40 cent.

22 — Plat rond à branches de fleurs et de fruits gaufrés en creux. Décor à reflets métalliques rouge nacré et rehauts de bleu.

Diam., 39 cent.

23 — Plat rond à décor à reflets métalliques rehaussé de bleu. Au centre, une rosace, au marli des entrelacs fleuronnés.

Diam., 38 cent.

24 — Plat rond à dents saillantes au marli. Décor à reflets métalliques mordorés sur fond rosé.

Diam., 41 cent.

25 — Plat rond décoré de trois fleurs bleues sur fond décoré d'oiseaux et de fleurs à reflets métalliques rouge intense. Fabrique Siculo-Arabe.

Diam., 38 cent.

26 — Plat rond à feuillages en relief au marli. Décor à reflets métalliques mordorés.

Diam., 41 cent.

27 — Plat rond décoré de trois oiseaux dont les contours sont bleus; le fond est couvert de fleurs arabesques à reflets métalliques rouge nacré.

Diam., 37 cent.

28 — Plat rond à feuilles indiquées en creux et rehaussées de bleu, sur fond à décor à reflets métalliques mordorés.

Diam., 41 cent.

29 — Plat rond à ombilic et feuillages gaufrés en relief au marli à décor à reflets métalliques rouge nacré, et mordoré.

Diam., 38 cent.

30 — Plat rond à décor à reflets métalliques mordorés rehaussé de bleu à ornements variés.

Diam., 39 cent.

31 — Plat rond à décor à reflets métalliques rouge mordoré rehaussé de bleu et ornements gaufrés au marli.

Diam., 39 cent.

32 — Plat rond à décor à reflets métalliques rouges composé d'un animal debout et de feuillages.

Diam., 40 cent.

33 — Plat rond à décor à reflets métalliques, rehaussé de bleu. Au centre, un pélican.

34 — Plat rond à feuillages saillants au marli. Décor à reflets métalliques, rehaussé de bleu.

35 — Plat rond à ombilic : décor à reflets métalliques rouge nacré à ornements, feuillages et inscriptions. Au centre de l'ombilic, un taureau debout.

Diam., 43 cent.

36 — Plat rond à décor de style gothique à feuillages et arabesques, à reflets métalliques sur fond laiteux.

Diam., 39 cent.

37 — Plat rond à côtes en spirale et décor à reflets métalliques à ornements, feuillages et inscriptions simulées.

Diam., 38 cent.

38 — Plat rond à dents saillantes au marli et à décor à reflets métalliques à feuillages et ornements.

Diam., 40 cent.

39 — Plat rond formant coupe, décor à reflets métalliques rouge nacré sur fond blanc laiteux, à fleurs et oiseau.

Diam., 40 cent.

40 — Bassin ou vasque ronde à bord ondulé; décor à reflets métalliques rouges à fleurs et oiseaux à l'intérieur, et rinceaux à l'extérieur.

Diam., 42 cent.; haut., 19 cent.

41 — Plat rond à côtes en spirale au marli, décor à reflets métalliques mordorés à feuillages, fleurs et ornements. Au centre, un coq sur un écu.

Diam., 41 cent.

42 — Plat rond de même style à feuillages gaufrés en relief au marli. Décor à reflets métalliques mordorés. Au centre, un oiseau.

Diam., 38 cent.

43 — Plat de même style à couronnes et feuillages gaufrés en relief. Décor à reflets métalliques avec tête d'aigle au centre.

Diam., 33 cent.

44 — Plat rond à feuillages gaufrés en relief au marli, et décor à reflets métalliques. Au centre, un pélican.

Diam., 35 cent.

45 — Plat rond à feuillages en relief au marli et à décor à reflets métalliques rehaussé de bleu.

Diam., 35 cent.

46 — Bassin rond à bord godronné et à ombilic. Décor à reflets métalliques à feuillages.

Diam., 36 cent.

47 — Plat rond à décor à reflets métalliques rouges à arceaux, oiseaux fleurs et fleurettes et lentilles bleues au centre.

Diam., 30 cent.

48 — Plat semblable à celui qui précède, mais un peu plus grand.

Diam., 31 cent.

49 — Curieux plat rond à décor bleu ; taureau debout, fleurs et ornements.

Diam., 40 cent.

50 — Autre plat rond à décor bleu rayonnant et feuillages réservés.

Diam., 42 cent.

51 — Plat rond à décor bleu de style persan ; branche de marguerites.

Diam., 37 cent.

52 — Plat semblable à celui qui précède, mais plus grand.

Diam., 41 cent.

53 — Autre plat semblable mais plus petit.

Diam., 28 cent.

54 — Plat rond à décor à reflets métalliques rouge nacré avec oiseau au centre.

55 — Plat rond à décor d'ornements à reflets métalliques rouge nacré sur fond clair.

56 — Plat rond à décor à reflets métalliques à fleurs et feuillages.

57 — Plat rond à décor à reflets métalliques, rehaussé de bleu à fleurs, feuillages et ornements.

58 à 60 — Trois plats à décors variés.

350 61 — Joli petit plat rond à décor à reflets métalliques et fleurs arabesques bleues. Il offre au centre un écu rehaussé de violet.

Diam., 26 cent.

FAIENCES HISPANO-ARABES

VASES

62 — Deux vases ovoïdes à décor à reflets métalliques rouges : lions et feuillages.

Haut., 30 cent.

63 — Deux vases à deux anses et à col surélevé ; décor à reflets métalliques rouges à fleurs et ornements.

Haut., 32 cent.

64 — Vase analogue à celui qui précède mais plus petit.

Haut., 30 cent.

65 — Autre vase semblable mais encore plus petit.

Haut., 27 cent.

66 — Deux cornets cylindriques à décor d'ornements à reflets métalliques.

Haut., 30 cent.

67 — Autre cornet à décor de feuillages à reflets métalliques rehaussés de bleu.

Haut., 27 cent.

68 — Cornet couvert de feuillages à reflets métalliques et bleus.

Haut., 32 cent.

PLATS HISPANO-ARABES

A ÉMAUX POLYCHROMES

69 — Très curieux plat à décor à compartiments émaillés de nuances variées et représentant un lion héraldique sur fond blanc. Cette pièce passe pour remonter au XIVe siècle.

Diam., 23 cent.

70 — Curieux plat de même travail et de même époque. Celui-ci représente un lapin.

Diam., 23 cent.

71 — Autre plat de même travail représentant une fleur de lys.

Diam., 23 cent.

72 — Plat de même travail que ceux qui précèdent. Celui-ci représente une étoile.

Diam., 23 cent.

FAIENCES ITALIENNES

FABRIQUE DE GUBBIO

73 — Jolie coupe ronde à cannelures en spirale et à décor à reflets métalliques rouge rubis et mordorés rehaussé de bleu et de vert. Au centre, deux personnages assis et jouant. Autour des figures, des inscriptions saillantes qui semblent indiquer que le sujet est la reproduction d'une médaille.

Diam., 205 mill.

74 — Joli petit plat forme dite Cuppa amatoria, décor à reflets métalliques rouge rubis et bleu nacré. Il présente les figures de Neptune et d'un cheval.

Il offre à l'extérieur la lettre M et des rinceaux.

Diam., 185 mill.

75 — Belle coupe ronde à décor à reflets métalliques bleu nacré et couleurs. Elle représente un sujet allégorique au Temps, composé de deux figures dans un paysage, avec monuments et vue de ville.

A l'extérieur, trois groupes de rinceaux à reflets.

Diam., 25 cent.

76 — Beau plat rond à décor à reflets métalliques rouge rubis et mordoré, rehaussé de bleu.

Au centre, cornes d'abondance, dauphins et branches de fruits.

Au marli, couronne de rinceaux.

Diam., 365 mill.

77 — Petit plat rond à décor à reflets métalliques rouge et bleu nacré, rehaussé de jaune et de bleu.

Au centre, buste de femme de profil à gauche se détachant sur fond jaune.

Au marli, trophées d'armes et d'instruments de musique en camaïeu brun sur fond bleu.

Diam., 23 cent.

78 — Coupe ronde à décor en camaïeu gris rehaussé de reflets métalliques rouge rubis et mordoré sur fond bleu. A l'intérieur, large écusson armorié. A l'extérieur, la lettre S sur fond bleu et rinceaux se terminant par des têtes de dauphins.

Diam., 17 cent.

79 — Coupe d'accouchée de forme ronde à décor à reflets métalliques rouge rubis et mordoré. A l'intérieur, enfant dans un berceau. A l'extérieur, feuillages, ornements et la lettre A.

Haut., 70 mill.; diam., 166 mill.

80 — Coupe ronde d'accouchée sur piédouche; décor à reflets métalliques rouges et mordorés, rehaussé de bleu et de vert. A l'intérieur, enfant dans un berceau. A l'extérieur, bustes de saints personnages dans des couronnes de laurier et attributs.

Haut., 09 cent.; diam., 17 cent.

81 — Petite coupe ronde offrant une figure de saint Jérôme agenouillé en relief, décor à reflets mordorés, rehaussé de bleu.

Diam., 15 cent.

82 — Très petit plateau à décor à reflets métalliques, rehaussé de bleu. Au centre une fleur, au marli des rayons.

Diam., 16 cent.

FABRIQUE D'URBINO

83 — Grand et beau plat rond, par *Orazio Fontana.* Il représente le sujet de l'enlèvement d'Hélène. Au revers, l'indication du sujet.

Diam., 47 cent.

84 — Coupe ronde, par *Fra Xanto da Rovigo,* et représentant le mariage mystique de sainte Catherine. A droite, saint Sébastien martyr.

Elle porte au revers la date de 1541 et l'inscription suivante : *Gratie ch'a puochi il ciel largo destina* et le sigle de *Xanto.*

Diam., 28 cent.

85 — Beau plat rond représentant une scène de sacrifice. Il porte au revers l'inscription suivante : *Lusia porto laqua col critro al tempio.* École de *Xanto.*

Diam., 44 cent.

86 — Grand et beau plat rond, représentant en décor polychrome et sur toute sa surface une mêlée de guerriers et de cavaliers combattant. Au revers, la date de 1543. École d'*Orazio Fontana.*

Diam., 44 cent.

87 — Plat rond, décor polychrome, représentant un sujet ayant trait à l'histoire de Vénus, composition de vingt-deux figures.

Diam., 32 cent.

88 — Coupe ronde, décorée en plein d'un buste de femme, de profil à gauche, peint en couleur sur fond bleu. On lit sur une banderole : *Madalena. Diva. 1547.*

Diam., 22 cent.

89 — *Cuppa amatoria,* représentant Diane et ses compagnes surprises au bain par Actéon.

Diam., 21 cent.

90 — Coupe ronde, représentant Diane et ses compagnes.

Diam., 25 cent.

91 — Coupe ronde, représentant Abraham conduisant son fils au sacrifice. Au revers, l'indication du sujet.

Diam., 24 cent.

92 — Très grand plat rond, représentant au fond une course de chars romains. Au pourtour et au marli, scènes de chasse, grotesques et génies ailés sur fond blanc.

Diam., 48 cent

93 — Plat rond, décoré de grotesques sur fond blanc et présentant au centre une figure allégorique de la Paix, debout dans un paysage.

Diam., 37 cent.

94 — Plat rond, représentant le sujet de Joseph vendu par ses frères.

Diam., 27 cent.

95 — Plat rond, représentant un sujet tiré de l'histoire d'Hercule.

Diam., 24 cent.

96 — Plat rond, représentant le sujet de Daphné changée en laurier. Au revers, l'indication du sujet et la date de 1547.

Diam., 235 mill.

97 — Coupe ronde, repoussée à bossages et représentant le sacrifice d'Abraham.

Diam., 28 cent.

98 — Coupe ronde analogue à celle qui précède. Elle représente Hercule filant aux pieds d'Omphale.

Diam., 26 cent.

99 — Autre coupe analogue, représentant une scène tirée de l'histoire de Job.

Diam., 26 cent.

100 — Plat rond, représentant l'enlèvement de Déjanire par le Centaure.

Diam., 29 cent.

101 — Grande coupe ronde sur piédouche, représentant à l'intérieur le triomphe de César, et à l'extérieur des arabesques et des rinceaux sur fond bleu. Au revers, la date de 1601.

Haut., 12 cent.; diam., 81 cent.

102 — Coupe ronde, représentant la création du monde. Au bord, trophées d'armes et grotesques sur fond blanc.

Diam., 26 cent.

103 — Coupe ronde avec couvercle et plateau, décorée de grotesques sur fond blanc, de style raphaélesque.

Diam. du plateau, 19 cent.
— de la coupe, 15 cent.

104 — Grand broc à panse sphérique et à côtes avec anse. Il est décoré de grotesques de style raphaélesque.

Haut., 41 cent.

105 — Broc analogue à celui qui précède, mais plus petit.

Haut., 17 cent.

106 — Écritoire ornée d'une figure de femme assise, portant un costume à haute collerette. Décor polychrome.

Haut., 25 cent.

107 — *Brocca* à anse surélevée, se terminant par des enroulements garnissant la panse. Elle est décorée de figures grotesques, et le goulot à coquille est supporté par une figurine.

Haut., 27 cent.

108 — Encrier de forme hexagonale à deux étages, surmonté d'un godet flanqué de deux figurines en ronde bosse et portant un écusson armorié.

Haut., 18 cent.

109-110 — Quatre petits cornets de pharmacie décorés de grotesques sur fond blanc.

Haut., 20 cent.

111 — Plaque rectangulaire en hauteur, représentant un écusson armorié dans un cartouche ovale, flanqué de cariatides et surmonté d'un mascaron et de deux génies ailés.

Elle porte dans le bas l'inscription suivante : *Theobaldvs. Qvirinus. Rector.* M.CCCC.LXXXX.

Haut., 34 cent.; larg., 26 cent.

112 — Vase de forme surbaissée à panse sphérique, à couvercle plat et à deux anses serpents; décor polychrome à personnages, ornements et armoiries.

Haut., 16 cent.; diam., 25 cent.

FABRIQUE DE PESARO

DÉCOR A REFLETS MÉTALLIQUES

113 — Très beau plat rond à décor à reflets métalliques mordorés et bleu nacré rehaussé de bleu.

Au fond, Méléagre debout et nu, couronné de lauriers, tenant un arc de la main gauche et portant un carquois suspendu sur l'épaule. Il est au milieu d'un paysage.

Le marli présente des imbrications, des fleurs et des feuillages.

Décor d'un grand caractère.

Diam., 42 cent.

114 — Autre très beau plat à décor à reflets métalliques bleu nacré rehaussé de bleu composé d'une riche rosace couvrant toute la surface du plat et composé de motifs à rinceaux feuillagés.

Diam., 41 cent.

115 — Beau plat rond à décor à reflets métalliques bleu nacré rehaussé de bleu.

Au centre, buste de jeune femme dont les cheveux nattés lui servent de collier. On lit sur une banderole : LA FAVSTINA BELLA.

Le marli présente des imbrications, des palmettes et des ornements alternés.

Email et reflets très brillants.

Diam., 40 cent.

116 — Beau plat rond à décor à reflets métalliques mordorés et bleu nacré.

Au centre, buste de femme de profil et banderole portant une inscription.

Au marli, très belle couronne de rinceaux et de rosaces.

Diam., 40 cent.

117 — Autre plat rond à décor à reflets métalliques bleu nacré et rehaussé de bleu.

Au fond, buste d'homme de profil à gauche et banderole portant le nom de SATVRNO FORTE.

Au marli, imbrications, palmettes et ornements.

Diam., 42 cent.

118 — Plat rond à décor à reflets métalliques bleu nacré rehaussé de bleu

Au fond, buste d'empereur romain de profil à gauche et banderole portant l'inscription suivante : *Chi bene gvida sva barca.*

Au marli, palmettes, imbrications et ornements.

Diam., 39 cent.

119 — Plat rond à décor à reflets métalliques bleu nacré rehaussé de bleu.

Au fond, femme debout dans un paysage; elle tient une épée de la main droite et un cœur de la main gauche.

Au marli, palmettes, ornements et imbrications.

Diam., 39 cent.

120 — Vase à deux anses et piédouche, à décor à reflets métalliques bleu nacré composé de palmettes et d'ornements.

Haut., 23 cent.

FABRIQUE DE PESARO

DÉCOR POLYCHROME

121 — Plat rond, décor polychrome composé au fond d'un trophée d'armes sur fond bleu entre deux cornes d'abondance.

Le marli est décoré de fleurs, arabesques et ornements.

Diam., 41 cent.

122 — Curieux plat, décoré au centre d'un serpent dévorant un personnage, entouré d'une couronne à queue de paon. Le marli est décoré de dents et de fleurettes. Les émaux verts et violets ont des reflets métalliques.

Première époque, XVe siècle.

Diam., 38 cent.

123 — Plat rond décoré d'un buste de femme de profil et d'ornements.

Diam., 32 cent.

124 — Grand vase à deux anses et sur piédouche décoré de palmettes et d'ornements et portant au pourtour une longue inscription.

Haut., 31 cent.

125 — Vase analogue à celui qui précède, mais plus petit.

126 — Plat rond, décor polychrome à queue de paon, imbrications, ornements, et offrant au centre une pointe de flèche.

Diam., 42 cent.

127 — Plat rond, décor polychrome. Au centre, buste de femme de profil, et ornements au marli.

Diam., 37 cent.

128 — Joli plat rond à décor bleu, vert, jaune d'ocre et jaune d'or. Au fond, armoiries de la famille d'Este; au marli, rinceaux bleus sur blanc.

Diam., 29 cent.

FABRIQUE DE DERUTA

129 — Plat rond à décor à reflets métalliques mordorés et à godrons en spirale. Au centre, la lettre A entourée de feuillages, et, au marli, couronne feuillagée.

Diam., 29 cent.

130 — Plat rond à décor à reflets métalliques mordorés et bleu nacré rehaussé de bleu.

Au centre, buste de femme de profil, à gauche, entouré d'imbrications variées et d'ornements.

Diam., 31 cent.

131 — Plat rond à décor à reflets métalliques mordorés rehaussé de bleu. Rosace couvrant toute la surface du plat et se détachant sur fond blanc.

Diam., 41 cent.

132 — Plat rond, décor à queue de paon à reflets métalliques mordorés et bleu nacré rehaussé de bleu.

Diam., 33 cent.

133 — Joli petit plat rond à décor à reflets métalliques bleu nacré. Au fond, buste de femme de profil à droite. Au marli, rayons et fleurettes.

Diam., 24 cent.

134 — Petit plat rond à décor polychrome rehaussé de reflets métalliques. Au centre, le nom de *Givlia*. Au marli, couronne d'ornements.

Diam., 22 cent.

135 — Trois petits plats ronds à décor à reflets métalliques mordorés rehaussé de bleu. Ils sont couverts de fleurs arabesques sur fond blanc.

Diam., 21 cent.

136 — Coupe ronde à bord vertical et sur piédouche. Décor à reflets métalliques mordorés rehaussé de bleu. Elle présente des godrons simulés et des ornements variés à l'extérieur et une rosace au fond.

Haut., 21 cent.; diam., 26 cent.

137 — Petit vase de forme sphérique sur piédouche, décor à reflets métalliques rehaussé de bleu. Il est couvert d'ornements sur fond blanc.

Haut., 17 cent.

138 — Plat rond à décor à reflets métalliques bleu nacré et mordoré. Il est entièrement couvert de rinceaux et d'arabesques et présente, au centre, un écusson armorié.

Diam., 41 cent.

139 — Petit plat à décor bleu nacré rehaussé de bleu. Au centre le nom de NICHOLA, et au marli rayons et fleurettes.

Diam., 21 cent.

140 — Petite coupe ronde, décor à reflets métalliques mordorés rehaussés de bleu. Au centre, buste de femme de profil à droite entouré de rayons et de fleurettes.

Diam., 18 cent.

141 — Petite cruche à une anse à décor à reflets métalliques mordorés et bleu nacré composé d'une palmette et d'ornements variés.

Haut., 195 mill.

FABRIQUE DE CAFFAGIOLO

142 — Beau et curieux plat rond, à double couronne de laurier en couleur et entre-deux en décor dit

bianco sopra bianco. Au centre, un emblème décoré en bleu sur blanc. Au revers, ornements bleus.

Diam., 42 cent.

143 — Plat rond, décor polychrome, portant les armes de la famille Chigi au centre, et présentant au marli des oves vertes et jaune d'ocre reliées par des entrelacs bleus.

Diam., 23 cent.

144 — Petit plat rond, décor polychrome; au centre, buste de femme de profil à gauche sur fond jaune et zones d'ornements variés au marli.

Diam., 22 cent.

145 — Plat rond, décor polychrome; au fond, une fleur entourée d'ornements et oves au bord. A l'extérieur, ornements bleus.

Diam., 23 cent.

146 — Plat rond analogue à celui qui précède. Celui-ci présente un buste de femme de profil à son centre.

Diam., 28 cent.

147 — Plat rond décor polychorme couvert d'ornements et offrant un damier à raies rouges, vertes et blanches au centre.

Diam., 34 cent.

148 — Plaque ronde à double face à décor en bleu et jaune d'ocre à figure d'amour et ornements d'un côté et sur l'autre à décor bleu, jaune et vert à rosaces, quadrillages et ornements.

Diam., 30 cent.

149 — *Cuppa amatoria* avec armoiries au centre, et décorée par le procédé *bianco sopra bianco* au marli avec arabesques bleues au bord.

Diam., 21 cent.

150 — Petit plat, décor polychrome, représentant un buste de femme de profil à droite. Epoque primitive.

Diam., 21 cent.

151 — Deux petits cornets à décor bleu composé de feuillages.

Haut., 26 cent.

152 — Deux cornets à zones horizontales décorées d'ornements variés, bleus, verts et violet.

Haut. cen t

153 — Vase ovoïde décoré d'un lion héraldique en ocre jaune et de rinceaux bleus, jaunes et violets.

Haut., 27 cent.

FABRIQUE DE FAENZA

154 — Grand vase ovoïde dont la partie inférieure de la panse est décorée de cubes émaillés jaune, vert et violet. La partie supérieure de la panse présente des animaux fantastiques et des ornements en grisaille sur fond jaune d'or. Le bandeau porte dans un cartouche la date de MDVII.

Haut., 71 cent.

155 — Vase analogue à celui qui précède. Celui-ci est décoré d'un réseau émaillé bleu sur fond jaune et d'imbrications émaillées jaune, bleu, vert et violet. Il porte également sur un cartouche soutenu par deux animaux fantastiques en grisaille la date de MDVII.

Haut., 71 cent.

FABRIQUE DE FAENZA

156 — Grand et beau plat rond présentant au centre les armes des *comtes Agostino de Fabbiano* entourées d'ornements exécutés par le procédé dit *bianco sopra bianco*. Le marli est couvert de trophées d'instruments de musique en camaïeu brun sur fond bleu.

Diam., 43 cent.

157 — Coupe ronde et basse, décor polychrome composé de tête de chérubin, mascaron, cornes d'abondance, trophées d'instruments de musique et festons de perles sur fond bleu. Un cartouche rectangulaire porte les lettres initiales de la devise romaine : S.P.Q.R.

Diam., 22 cent.

158 — Plat rond décoré d'un amour en camaïeu sur fond jaune d'ocre avec couronne de fleurs au pourtour exécutée en *bianco sopra bianco*. Le bord est couvert de trophées d'armes exécutés en camaïeu sur fond bleu.

Diam., 24 cent.

159 — Petit plat rond décoré de trophées d'armes en grisaille sur fond bleu.

Diam., 24 cent.

160 — Coupe ronde à godrons, à décor de même style.

Diam., 26 cent.

161 — Coupe ronde repoussée à bossages, décorée d'ornements sur fond varié de nuances présentant au fond une figure d'amour debout dans un paysage.

Diam., 26 cent.

162 — Coupe ronde, analogue à celle qui précède.

Diam., 28 cent.

163 — Deux petites coupes rondes de même décor.

Diam., 21 cent.

164 — Vase à deux anses décoré de deux médaillons bustes de femmes et de rinceaux se terminant par des têtes d'animaux en camaïeu sur fond vert.

Haut., 30 cent.

165 — Deux beaux vases modèle cornet à riche décor de rosaces sur fond varié de nuances et à médaillons bustes de guerriers.

Haut., 26 cent.

166 — Deux vases ovoïdes à deux anses, décor bleu à feuillages et mascarons en relief émaillés bleu.

Haut., 34 cent.

167 — Cornet décoré d'un buste de femme et d'ornements.

Haut., 25 cent.

168 — Cornet analogue à celui qui précède.

Haut., 21 cent.

FABRIQUE DE CASTEL DURANTE

169-170 — Quatre bouteilles à panse sphérique et col droit, décorées de rinceaux sur fond bleu et à médaillons bustes d'hommes et de femmes.

Haut., 20 cent.

171 — Deux cornets décorés d'ornements et d'arabesques feuillagés sur fond vert et à médaillons bustes d'hommes.

Haut., 26 cent.

172-173 — Quatre cornets décorés de trophées d'armes et d'ornements avec médaillons bustes de Saints personnages.

Haut., 30 cent.

174. — Deux forts cornets, décor polychrome à fruits et feuillages.

Haut., 31 cent.

175 — Deux vases de forme sphérique décorés de rinceaux feuillagés sur fond bleu et de médaillons bustes d'hommes.

Haut., 27 cent.

176 — Deux cornets surbaissés décorés de rinceaux et d'oiseaux en grisaille sur fond jaune et d'un médaillon buste et d'ornements sur fond bleu.

Haut., 19 cent.

177 — Deux pots de pharmacie à panse ovoïde et à une anse décorés de trophées d'armes sur fond bleu.

Haut., 23 cent.

178 — Deux grands Vases ovoïdes à col droit décorés de doubles médaillons bustes de femmes, cerf et vase de fleurs sur fond bleu encadrés de cornes d'abondance.

Haut., 45 cent.

179 — Deux beaux vases forme boule décorés chacun de deux médaillons bustes d'enfants, d'hommes et de femmes sur fond jaune et de rinceaux feuillagés sur fond bleu. Belle qualité.

Haut., 30 cent.

180 — Deux vases analogues à ceux qui précèdent.

Haut., 35 cent.

181 — Deux grands cornets de même décor.

Haut., 36 cent.

182 — Deux vases à panse sphérique et col droit décorés de médaillons bustes d'hommes et de fleurs arabesques sur fond blanc.

Haut., 41 cent.

183-184 — Quatre vases analogues à ceux qui précèdent, mais plus petits.

185-187 — Six vases analogues à médaillons bustes et ornements.

FABRIQUE DE CASTELLI

188 — Plat rond décoré d'une figure d'Orphée dans un paysage. Le marli représente des rinceaux et des fleurs sur fond blanc.

Diam., 35 cent.

189 — Plat analogue à celui qui précède. Celui-ci représente au centre une figure de Vérité dans un paysage.

Diam., 34 cent.

190 — Plat rond représentant au centre les figures de Vénus et de l'Amour. Le marli est décoré de rinceaux et de figures de génies ailés.

Diam., 24 cent.

191 — Plat analogue à celui qui précède. Il offre au centre une figure de Neptune.

Diam., 24 cent.

192 — Plat rond à décor de même style. Au centre, un cavalier partant pour la chasse.

Diam., 28 cent.

193 — Petit plat décoré au centre des figures de Vénus et de l'Amour. Au marli, guirlandes de fleurs et de fruits.

Diam., 23 cent.

194-198 — Dix petits plats ronds décorés chacun d'une figure dans un paysage.

Diam., 15 cent.

199 — Petit plat rond décoré d'un sujet champêtre au centre et présentant au marli des génies ailés et des fleurs.

Diam., 175 mill.

200 — Petit plat rond représentant le Christ et la Samaritaine.

Diam., 185 mill.

201-203 — Sept petits plats ronds décorés de paysages avec monuments et ruines.

Diam., 17 cent.

204 — Trois petits plats ronds décorés de paysages.

Diam., 16 cent.

205 — Petit plateau rond représentant un paysage avec monument.

Diam., 185 mill.

206 — Trois tasses trembleuses et leurs soucoupes à décors variés.

Diam., 17 cent.

207 — Six tasses trembleuses avec soucoupes, à décors variés, paysages, personnages, etc.

208 — Petite coupe ronde décorée de paysages avec figures à l'intérieur, la Vierge et l'Enfant Jésus.

Diam., 14 cent.

209 — Broc décoré de groupes d'amours et de fleurs.

Haut., 19 cent.

210 — Deux soucoupes décorées, l'une d'une figure de moine dans un paysage, et l'autre des figures d'Adam et d'Ève.

Diam., 15 cent.

211 — Deux plaques ovales en hauteur décorées de paysages avec monuments et figures.

Haut., 38 cent.; larg., 23 cent.

212 — Grande plaque rectangulaire en hauteur représentant la Vierge vue à mi-corps et portant l'Enfant Jésus.

Haut., 54 cent.; larg., 36 cent.

213 — Plat rond décoré d'un paysage avec figures. Au marli, rinceaux feuillagés sur fond blanc.

Diam., 41 cent.

214 — Quatre plaques rectangulaires en largeur représentant des sujets bibliques et allégoriques. Elles sont montées deux à deux dans des cadres en bois doré en partie.

Haut. de chaque plaque, 21 cent.; larg., 27 cent.

215 — Plat rond représentant le triomphe d'Amphitrite. Le marli est décoré de rinceaux, d'oiseaux et d'animaux.

Diam., 41 cent.

216 — Grand et beau vase à couvercle et sur piédouche, décoré de sujets bibliques à personnages, de groupes de génies ailés, de fleurs et d'ornements.

Haut., 57 cent.

217-222 — Douze plaques ovales en largeur décorées de sujets de personnages variés.

Haut., 18 cent.; larg., 22 cent.

223 — Deux grandes plaques rectangulaires représentant des paysages avec personnages.

Haut., 26 cent.; larg., 37 cent.

224-225 — Quatre plaques rectangulaires représentant des sujets bibliques et autres. Elles sont rehaussées de dorure.

Haut., 21 cent.; larg., 28 cent.

FABRIQUE DE SAVONE

226 — Deux vases à deux anses têtes chimériques et à couvercle à décor bleu.

Haut., 47 cent.

227 — Deux autres vases à deux anses mais sans couvercle, avec médaillon polychrome sur une de leurs faces représentant un paysage avec personnages et animaux, et sur l'autre face un paysage en camaïeu bleu.

Haut., 48 cent.

228 — Deux vases ovoïdes à une anse et à goulot en faïence italienne, décor polychrome à paysages et figures d'amours.

Haut., 33 cent.

www.ingramcontent.com/pod-product-compliance
Ingram Content Group UK Ltd.
Pitfield, Milton Keynes, MK11 3LW, UK
UKHW021100270726
13994UKWH00009B/1710

9 782329 483085